Tom Pouce

Texte d'après Grimm
Illustrations de Bénédicte Nemo

Albums du Père Castor Flammarion

© 2001 Père Castor Flammarion - Imprimé en France - ISBN : 978-2-0816-0568-8 - ISSN : 1768-2061

Un pauvre paysan était assis, le soir, au coin du feu, avec sa femme qui filait près de lui. Et tout en attisant le feu, il lui dit :
– Comme c'est triste que nous n'ayons pas d'enfant, tout est si calme chez nous, alors que chez les autres il y a de la joie et de l'animation !
– Hélas ! soupira la femme. Même si nous n'avions qu'un seul enfant, et pas plus grand que le pouce, j'en serais tout heureuse et nous l'aimerions de tout notre cœur !

Sept mois plus tard, la femme mit au monde un enfant bien vivant et parfaitement formé de tous ses membres, mais qui n'était pas plus grand que le pouce. Non, pas plus grand.
– Il est ainsi que nous l'avions souhaité, dirent les parents, et il sera notre enfant bien aimé.
À cause de sa petite taille, ils l'appelèrent Tom Pouce.

Ses parents donnèrent à Tom Pouce
tout ce qu'il lui fallait,
mais l'enfant ne grandissait pas.
Il restait aussi petit qu'il l'était
le jour de sa naissance.
Cependant son œil était brillant,
son intelligence vive, ses gestes adroits,
et tout ce qu'il faisait, il le réussissait fort bien.

Un jour que le paysan s'apprêtait à se rendre
dans la forêt pour abattre du bois, il soupira :
– Si j'avais au moins quelqu'un
pour m'aider et m'amener la charrette !
– Oh ! père, s'écria Tom Pouce,
je la conduirais bien, moi, la charrette,
et vous l'auriez en temps voulu.

– Mais tu es trop petit, dit le père
en riant, comment veux-tu conduire
le cheval et tirer sur ses rênes ?

– Pas d'importance père !
Si vous me mettez dans l'oreille du cheval,
je lui crierai comment il doit marcher.
– Bon, dit le père, je veux bien essayer.

La mère attela donc le cheval et
déposa Tom Pouce dans l'oreille de la bête.
Le petit bout d'homme se mit à commander
« hue et dia ! »,
« droite et gauche »,
guidant l'attelage
comme s'il avait été
un vrai charretier.

Comme la charrette prenait le dernier tournant, et alors que Tom Pouce dans l'oreille du cheval commandait : « Ho ! Ho ! là... », deux étrangers l'aperçurent.

– Bon sang ! qu'est-ce que c'est que cela ? s'exclama l'un d'eux. Voilà une charrette qui arrive, on entend la voix du cocher et il n'y a personne dedans !

– Cela ne me paraît pas très normal non plus, dit l'autre. Suivons-la.

Ils suivirent la charrette qui s'enfonça dans la forêt et s'arrêta juste devant la pile de bois coupé.

Tom Pouce lança joyeusement à son père :

– Tu vois, père, me voici avec la charrette. Maintenant, descends-moi.

Le père extirpa son poucet de fils de l'oreille du cheval et le posa par terre. Celui-ci, tout guilleret, alla s'asseoir sur une brindille.

En voyant le minuscule et hardi personnage, les deux inconnus en eurent d'abord la parole coupée, puis l'un d'eux tira son compagnon par la manche et lui dit :

– Écoute, avec ce petit compère notre fortune sera faite. Il nous faut l'acheter.

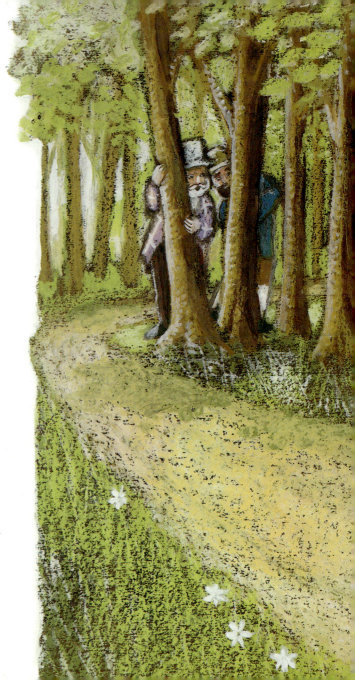

– Vends-nous le petit bonhomme, vinrent dire les deux hommes au paysan, nous le soignerons bien.
– Ah non ! répondit le père, c'est mon fils. Pour tout l'or du monde, je ne le céderai pas !
Mais Tom Pouce s'était empressé de grimper le long des habits de son père jusqu'à son épaule, où il courut lui chuchoter à l'oreille :
– Père, vous pouvez bien me vendre : je ne serai pas long à revenir.
Sur quoi le père le céda aux étrangers pour le prix d'une superbe pièce d'or.
– Où veux-tu qu'on te mette ? lui demandèrent les hommes au moment de partir.
– Installez-moi sur le rebord de votre chapeau, dit-il. Comme cela je pourrai regarder le paysage.
L'un d'eux le posa donc sur son chapeau ; et après qu'il eut fait ses adieux à son père, Tom Pouce s'éloigna avec les deux inconnus qui cheminèrent tout le reste du jour sans s'arrêter une seule fois.

Le soir venu, Tom Pouce leur dit :
– Hé, posez-moi donc un peu par terre, j'ai un besoin pressant.
– Tu es très bien où tu es, répondit l'homme qui le portait. Fais ce que tu as à faire sans te gêner, les oiseaux ne se gênent pas non plus à l'occasion.
– Mais non, mais non, insista le petit bout d'homme. Je sais ce qui me convient. Dépêchez-vous de me descendre.
L'homme enleva son chapeau et déposa Tom Pouce dans l'herbe. Celui-ci courut aussitôt jusqu'à un champ tout proche et s'enfila dans un trou de souris qu'il avait remarqué d'avance.
– Bonsoir messieurs, leur cria-t-il. Continuez votre route sans moi !
Et il éclata d'un rire moqueur. Les deux hommes se mirent à fourrager dans le trou avec une baguette.

Mais c'était peine perdue : le trou était profond, et rien n'était plus facile pour Tom Pouce que de s'y enfoncer.

Quand l'obscurité fut complète dehors, les deux hommes durent abandonner leurs recherches. Ils finirent par rentrer chez eux, fort en colère mais bredouilles.

Une fois seul, Tom Pouce sortit de son trou. Il trouva juste à côté une coquille d'escargot vide et s'y installa pour passer une nuit tranquille.

Tom était presque endormi quand il entendit deux hommes qui passaient sur le chemin.
– Si nous allions voler ce curé ? disait l'un. On dit qu'il est riche, qu'il a plein d'or et d'argent.
– D'accord ! Mais comment entrer ? dit l'autre. Il y a des barreaux aux fenêtres.
– Je vais vous le dire, moi ! cria Tom Pouce de toutes ses forces.
– Qui a parlé ? dit l'un des voleurs tout effrayé. Ils s'immobilisèrent, prêtant l'oreille.
– Emmenez-moi avec vous, je vous aiderai, reprit Tom Pouce.
– Mais où es-tu donc ? demandèrent-ils.
– Vous n'avez qu'à baisser le nez et chercher par terre.

Quand enfin les voleurs découvrirent Tom Pouce,
ils l'élevèrent à la hauteur de leur visage et lui dirent :
– Toi, petit diablotin ? Comment nous aiderais-tu ?
– Très facile, répondit Tom Pouce,
je me glisse entre les barreaux
et une fois dans la maison,
je vous ouvre la porte.
– Allons-y, décidèrent-ils,
nous verrons ce que
tu es capable de faire.
Et l'un des voleurs mit
Tom Pouce dans sa poche.

Lorsqu'ils furent devant la maison du curé, Tom Pouce se coula à l'intérieur et, cria de toute la force de ses poumons :
– Est-ce que vous voulez tout ce qu'il y a ici ?
Les voleurs, effrayés, le supplièrent de parler plus bas. Mais Tom Pouce fit comme s'il n'avait rien entendu et cria de plus belle. Au bruit, la servante qui dormait dans la chambre voisine sursauta dans son lit et prêta l'oreille.
– Assez plaisanté, chuchotèrent les voleurs. À présent, ouvre-nous la porte.
Tom-Pouce leur cria en réponse :
– Allons ! décidez-vous et dites-moi

ce que vous voulez.

  Cette fois, la servante entendit nettement la voix et ce qu'elle disait. Elle sauta au bas de son lit et courut dans la cuisine pour allumer une chandelle. Au bruit, les deux voleurs prirent la fuite à toutes jambes.

  Quand la servante revint dans la pièce, elle chercha, mais elle ne vit rien d'anormal. Elle finit par penser qu'elle avait dû rêver et retourna se coucher.

  Tom, lui, avait couru en riant se cacher dans la grange. Il s'endormit dans le foin en pensant que le lendemain il rentrerait chez ses parents.

Le jour blanchissait à peine quand la servante se leva. Elle alla directement à la grange pour nourrir la vache du curé. Elle prit une brassée de fourrage, mais le foin qu'elle emporta était précisément celui dans lequel Tom Pouce dormait du plus profond sommeil. Il dormait même si bien qu'il ne s'aperçut de rien et ne se réveilla que sur la langue de la vache.

– Que m'arrive-t-il ! s'écria Tom Pouce. Mais il ne mit pas longtemps à comprendre où il se trouvait, et son premier souci fut d'éviter de se faire broyer par les dents de la vache.

Après quoi, il glissa et se retrouva dans l'estomac de l'animal. L'endroit n'était pas des plus agréables.

– Arrêtez ! cria-t-il affolé. N'envoyez plus de foin ! Ne m'en envoyez plus !

La servante, qui était en train de traire la vache, entendit la voix sans voir personne. Et elle eut une telle frayeur qu'elle tomba à la renverse et répandit tout le lait par terre.

Elle se releva et courut chercher son maître en criant :
– Mon Dieu ! Oh ! Mon Dieu ! Monsieur le curé, il y a la vache qui a parlé !
– Tu es folle ! dit le prêtre, qui pourtant décida d'aller se rendre compte de ce qui se passait.

Le curé avait à peine mis le pied dans l'étable qu'il entendit Tom Pouce qui hurlait toujours à pleins poumons :
– Ne m'envoyez plus de foin !
Ne m'envoyez plus de fourrage !
Il prit peur à son tour et s'exclama :
– Mon dieu, cette vache a parlé !
Un méchant esprit l'a sûrement ensorcelée !
Il faut l'abattre !

On égorgea donc la vache, et la panse où se trouvait Tom Pouce fut jetée sur le tas de fumier. Le petit bonhomme eut le plus grand mal à s'en dépêtrer.

Mais juste comme il sortait la tête, voilà qu'un loup affamé survint, attiré par l'odeur. Il avala gloutonnement la panse avec son contenu.

Et voici Tom Pouce, à nouveau englouti. Mais le malin petit bonhomme ne perdit pas courage.

– Cher loup, dit-il, je connais pour toi un magnifique festin.

– Ah ! répondit le loup, et où cela ?

– Dans telle maison, expliqua Tom Pouce en indiquant la maison de son père. Il te sera facile de t'y glisser par l'égout de la cuisine, et tu y trouveras à manger du lard, des saucisses, des pâtés, autant que tu en voudras.

Le loup ne se le fit pas répéter deux fois. Il courut tout droit à la maison de Tom Pouce et s'y introduisit par le gros tuyau d'égout. Une fois dans la cuisine, il se régala tant qu'il put.
Mais quand enfin il voulut repartir, il s'était si bien rempli l'estomac qu'il ne put jamais repasser par le même trou.

Le loup était prisonnier, et c'était bien ce qu'avait attendu Tom Pouce. Il se mit alors à crier de toute la force de sa voix en menant, dans le ventre du loup, une danse et un chahut frénétiques.
– Vas-tu te tenir tranquille ? lui souffla le loup. Tu vas réveiller tout le monde ici !

– Dis donc ! lui répondit-il,
tu t'es bien régalé ! Je peux m'amuser
un peu à mon tour !
 Tom Pouce fit un tel vacarme que son
père et sa mère, réveillés, coururent
jusqu'à la cuisine et regardèrent
par le trou de la serrure.

Voyant que c'était un loup, les parents de Tom Pouce allèrent en hâte chercher des armes. Lui prit une hache, tandis qu'elle prenait une faux.
– Garde la porte, dit le mari à sa femme en pénétrant dans la pièce. Je vais assener un bon coup de hache à cet animal de malheur.
En entendant la voix de son père, Tom Pouce lui cria :
– Père, cher père, c'est moi ! Je suis dans le ventre du loup.
– Dieu soit béni ! s'exclama le père tout heureux, notre cher enfant est enfin retrouvé !
Il s'avança en levant sa hache qu'il abattit sur la tête du loup, le tuant du premier coup.
Avec un grand couteau d'abord et des ciseaux ensuite, il ouvrit le ventre du loup et en extirpa le petit.
– Ah, mon fils ! lui dit-il, ce que nous avons été inquiets à ton sujet !

– Et oui, père, dit Tom Pouce,
j'ai pas mal voyagé de par le monde,
mais enfin, je respire le bon air de nouveau !
– Mais où donc es-tu allé ?
– Oh ! père, j'ai été dans un trou de souris,
dans la coquille d'un escargot,
dans l'estomac d'une vache
et dans le ventre du loup,
mais à présent je reste avec vous.